KB197847

냥스타는 수배 중

1

깜찍이 여신,
범죄자 되다

냥스타는 수배 중 ① 깜찍이 여신, 범죄자 되다

2024년 11월 5일 1쇄 인쇄 | 2024년 11월 25일 1쇄 발행
글·그림 애런 블레이비 | **번역** 신수진
기획·편집 서영민, 박보람 | **디자인** 강효진
펴낸이 안은자 | **펴낸곳** (주)기탄출판 | **등록** 제2017-000114호
주소 06698 서울특별시 서초구 효령로 40 기탄출판센터
전화 (02)586-1007 | **팩스** (02)586-2337 | **홈페이지** www.gitan.co.kr

Cat on the Run ① Cat of Death

냥스타는 수배 중

애런 블레이비 지음 신수진 옮김

1

깜찍이 여신, 범죄자 되다

코스닭 주가 지수
와앙!
돌연변이
정어리 등장?
티파니 플러핏 기자
런던 현지
생중계
당신이
꿈꾸던 완벽한
세탁세제
싹싹!
이어지는 소식…
기린 부부 이혼 법정 출두

제정신인지
아닌지
왈가왈부
중…
고성능
대걸레
9,900원
돌려!
돌려!
돌려!
저겁니다!
단돈
9,900원!

19,900원

영원한 사랑을
최저가로
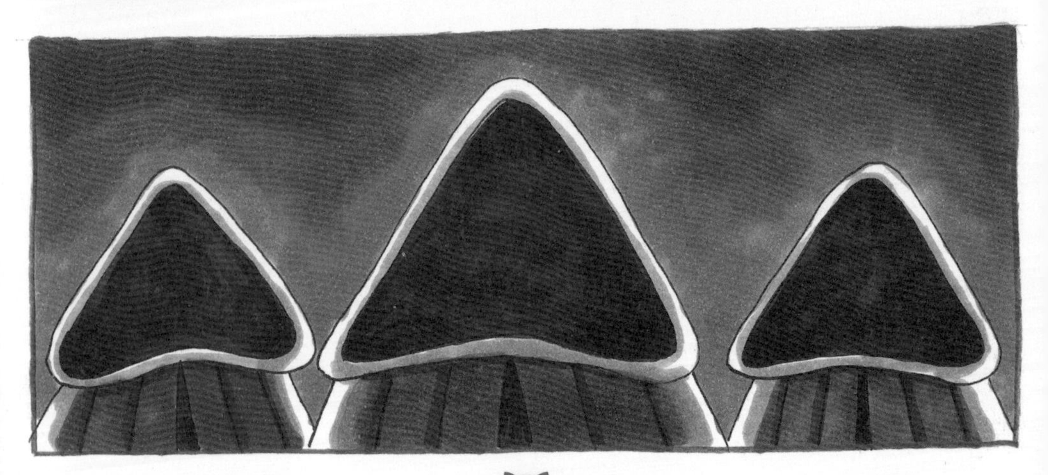

다운
꽃
냥스타 깜찍이 여신
라이브 방송
감자칩
990원
방

BOB33
#이세상재미가아님

LUCYBANANAS
벌써 웃기기 시작

RICKYMAC2
너무 좋아 미칠 지경!

DAISYD
하지 마! 위험해요!

좋아요
3,165,002,711

ANDYWHACK
ㅎㅎㅎㅎㅎㅎㅎ

KITTYFOREVER
이렇게 재밌는 게 또 있을까?

SUNLI909
이런 맛에 인터넷하지

ZIPPITYDOO
사랑해요 여신님!

좋아요
3,352,398,922

BONKERSJOE
최고!

MILLYWOO
깜찍이 여신, 영원하라!

HOTDIGGITY
하루 종일도 볼 수 있음

NEVERSAYNEVER
어머나, 허당 ㅋㅋ

WAKAWAKA
푸흡!

좋아요
3,511,984,777

좋아요

3,712,002,137

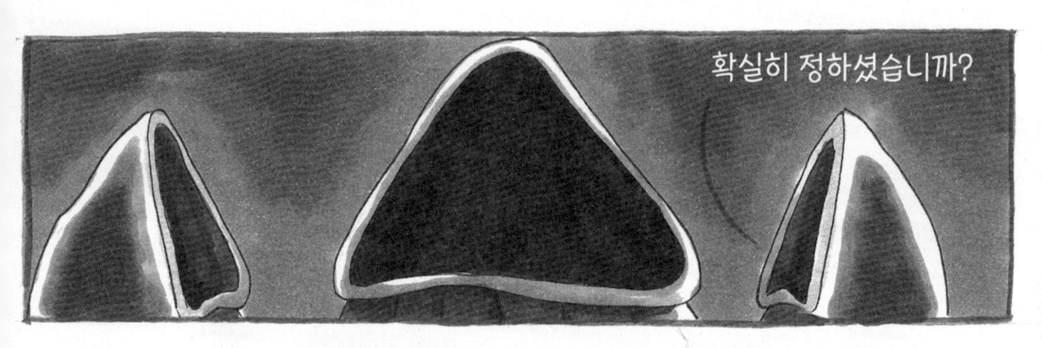

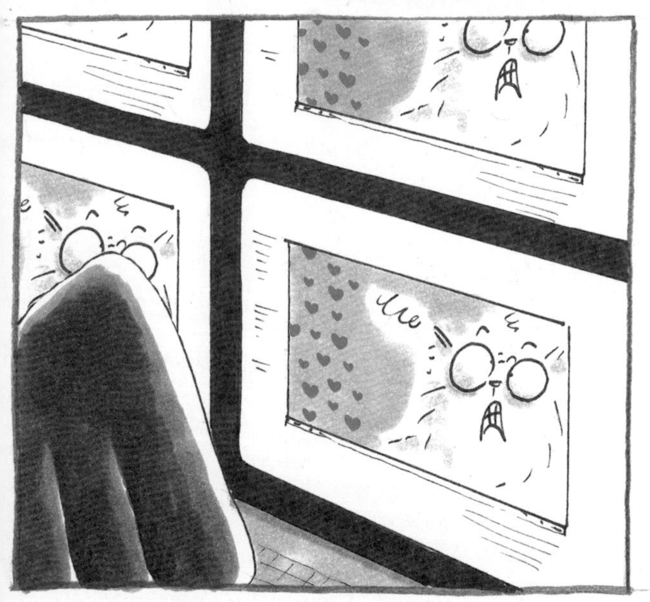

냥스타⌒

깜찍이 여신

깜찍이 여신

구독자 22억 명

뚱땅뚱땅 피아니스트냥

27억 뷰

식빵 굽다가 식빵 됨

23억 뷰

대롱대롱! 냥냥!

33억 뷰

나 찾아봐라냥

29억 뷰

세계 최강 #1
냥튜브 스타!

냥튜브 채널

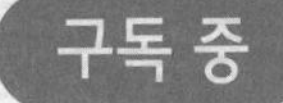

방충망에 발톱 걸림
28억 뷰

어라?!
31억 뷰

먹다가 사라져도 모를 감자칩
37억 뷰

허억, 오이가 제일 무서워!
31억 뷰

완벽해….

세상에서 가장 인기 많은 고양이
조회수 3,855,002,351
더할 나위 없이
완벽해.

내 생명수
바닐라라라테
어디 갔어?!

1장

1등은 아무나 하나

냥스타~ 깜찍이 여신!
추천 향수
캣닢 향
대체 어디까지 다녀온 거야?
우주라도 갔었니?!

여신님, 시간이 없어요.
무슨 스웨터 입을지 얼른 얘기해요.
광고 촬영해야죠.

브릭, 지금은 안 돼.
나 너무 지쳤단 말이야.
오늘 밤에 하자.

어머머!
오늘 밤에는
데이트해야죠!

히히히히히히히히힛!

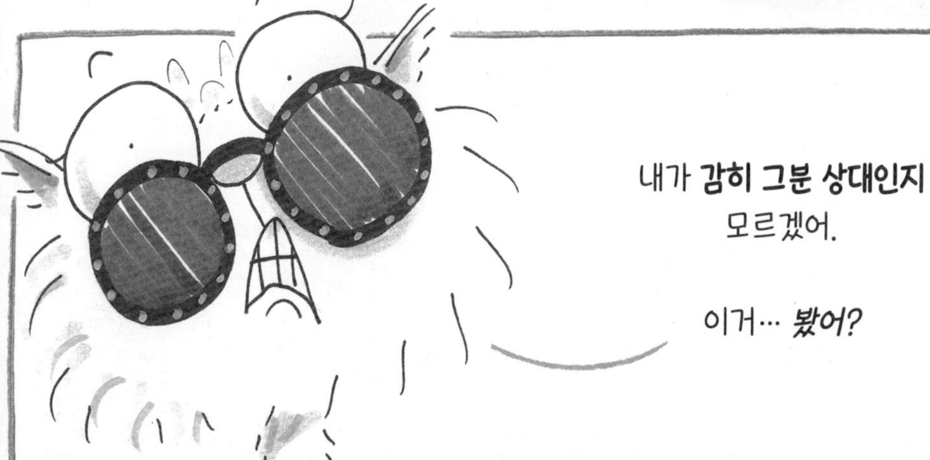
내가 감히 그분 상대인지
모르겠어.
이거… 봤어?

훈남 매거진
지성미를 갖춘
백만장자 후계자
- 최고의 헤어 스타일까지!
캣트릭 캐시
성공을
거두고 싶은
당신에게!
빨래판 복근도 확인하세요!
우아, 입이
안 다물어지네!

진짜 잘생기셨어요.

그렇지? 어쩜 좋아.
사실, 진짜로
멋지긴 해.
아, 너무 긴장돼…!

지금
전혀
긴장하는 것
같지 않은데요.

그분에 비하면
난 오징어라고.

여신님도
완전
멋져요.

그런데 디본,
왜 나한테
바닐라라테를 갖다준 거야?
나 다이어트 중인 거
몰라?!

아니, 지금도 날씬하고 예쁜데다
그걸 갖다 달라고 하지 않았….

휘릭
녹차로 가져와!
나 채식해야 한단
말이야!

여신님!
기분 좋아질 소식이 있어요.
가장 최근에 올린 동영상
"세상에서 오이가 제일 무서운 여신님"이
방금 30억 뷰를 달성했어요!

30억?

'30'이라고?!

30억은
이미 작년에 달성했어!
언제쯤 되어야
40억 뷰를 달성하지,
세스?
언제냐고?!
살펴보고 말씀드리겠습니다….

당장 가서
그거나
연구해!

녹차 여기
있습니다!
더 일찍 왔어야지.
홀짝!
으엑…
맛없어.
철퍽!
휘릭!

냥스타 깜찍이 여신
주식회사
냥스타
서둘러!

얼른 끝내자.
자…
오늘 촬영은
여기서 끝입니다.

안 돼!
나 아직 할 거
있단 말이야!
무술 훈련을
해야 한다고!

좋아요, 깜찍이 여신님!
레이저 포인터 잡기를 해 봅시다.
자, **준비됐어요. 시작!**

나 개인 지도 받아야 하니까
지금 당장 트레이너가
필요해!

러스티!
언제 올 거야?!

아… 제가
아마 내일 오후 5시쯤
시간이 될 거 같은데요,
깜찍이 여신님….

안 돼!
지금 당장
달려와!!

네,
갑니다!

촬영
스튜디오
아무튼…
설명 마저 해 드릴게요.
오늘 우리는
키보드를 두드리는
모습으로
새로운 허당 개그 동영상을
촬영할 예정이랍니다.
아주아주 귀여운
스웨터를 입을 거고요.

뿅!

귀여워라.

래리가 여기 책상 아래 자리를 잡고
여신님 팔이 오르락내리락하는 것처럼 보이게 할 거예요.
말하자면 타이핑하는… 시늉을 하는 겁니다.
영광입니다,
깜찍이 여신님.

아마 또 한 번
엄청난 인기몰이를
하게 될 거예요.
여신님도 확신하시죠?

단 한 가지 문제는!

눈알 안경
없이 찍느냐,

눈알 안경을
끼고 찍느냐?

캣트릭은
재난 지역에서 복구 활동을 해.

캣트릭은
의료 봉사를 나갔어.

캣트릭은
거룩한 종교 지도자
분들을 뵙고 사진을 찍었어.

그런데
나를 좀 봐!
뭐가 보여?!

보세요. 어찌나 인기가 많은지
'유행'이라는 단어가 공식적으로
'깜찍이 여신 아이템'으로
바뀌었다고요.

실시간 속보!
오늘의
깜찍이 여신
아이템은?
라이브
구독

광장하지 않아요?
전 세계적인
화제의 중심이에요.
역대급 인기라고요.

하지만 나는
이런 바보 같은 꼴이잖아!

모두가 그걸 좋아하니까요.
정말 모르겠어?
내가 보여 줄 게
고작 이런 것만은
아니란 말이야!
내 안에는….
아직 남들이
모르는 것들이
수도 없이 많다고!

흐음….

2장

영겁절에 벌어진 일

괜찮으세요,
깜찍이 여신님?

응, 아주 좋아.
래리, 이제
노벨 문학상만
받으면
될 것 같아.

자, 촬영 들어갑니다!

?!

허억!

얍!

휘리릭!
컷! 컷!
모두들
제자리에서 대기….

슈욱!
캣트릭!?
여기까지
무슨 일로 왔어요?

이렇게 불쑥 찾아와서
미안해요.

아유, 괜찮아요!
일부러 찾아오다니
감동이에요.

차를 몰고
유엔 사무실에
가던 중이었어요.

아, 거기서는 뭘 하죠?
어디 한번 맞혀 볼까.
세계 각국 지도자들에게
뭐랄까… 국제 정세에 관해 조언하기?

네, 맞아요.
대단하세요!
어쨌든
제가 여기 들른 건
너무너무 기대하고 있다는 말을
당신에게 전하고 싶어서예요.

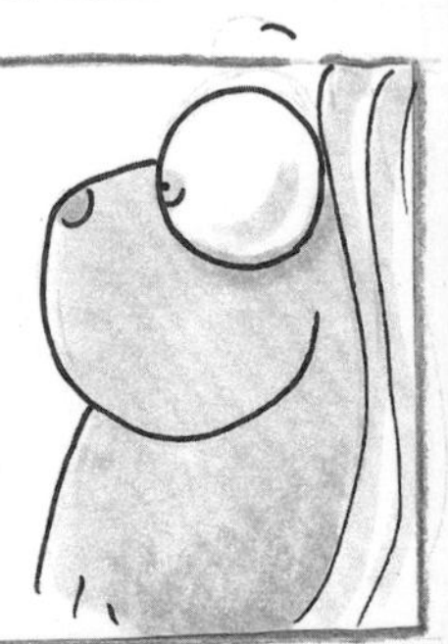

알고 있나요?
당신은 **정말 굉장해요.**

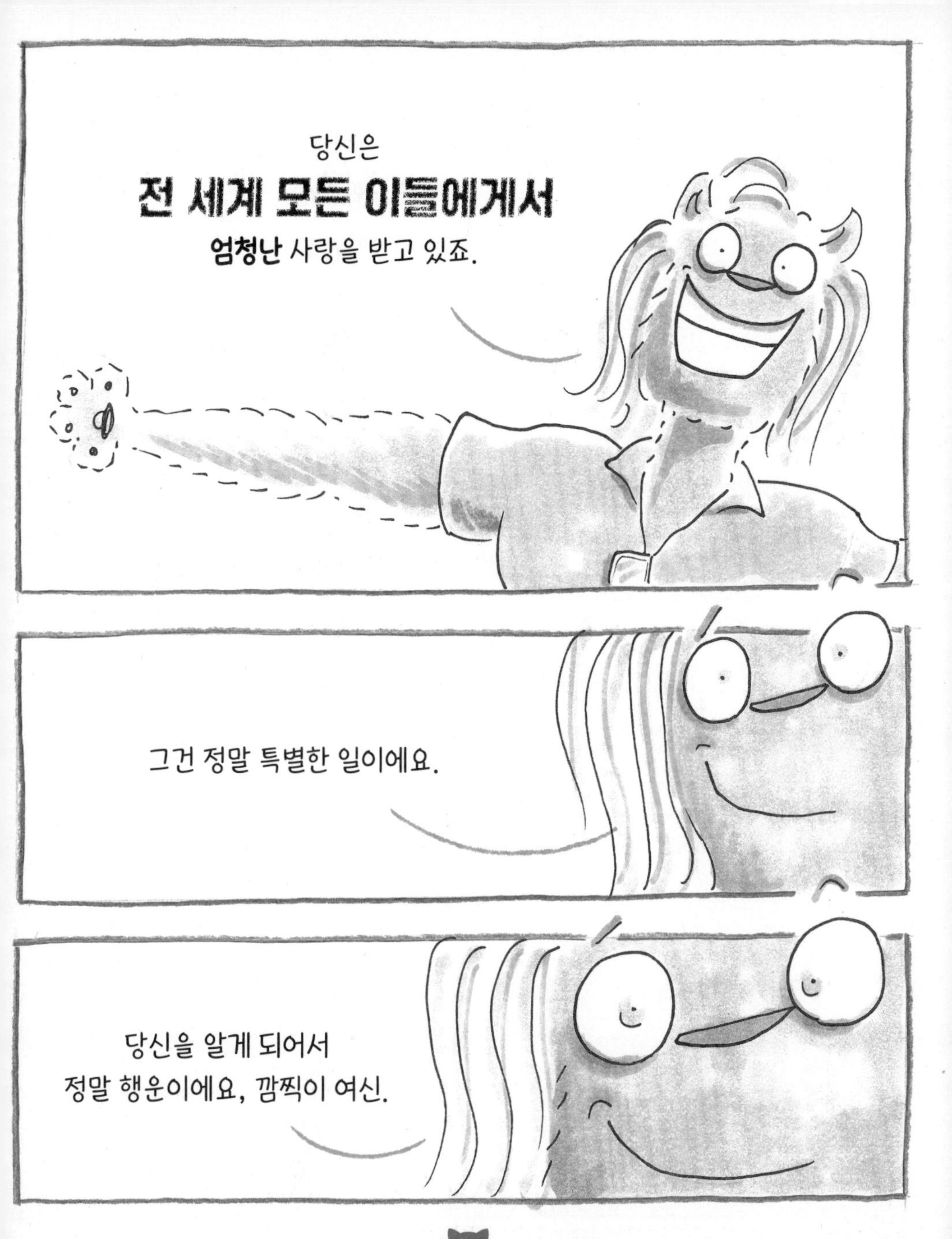
당신은
전 세계 모든 이들에게서
엄청난 사랑을 받고 있죠.
그건 정말 특별한 일이에요.
당신을 알게 되어서
정말 행운이에요, 깜찍이 여신.

저랑 점심 식사 같이 안 하실래요?
그러니까, 당장!
오늘 밤까지 기다릴 필요가 있나요?!

음… 그런데
세계 각국 지도자들이
기다리고 있어서요.

아, 이런.
미안해요. 깜빡했네요.
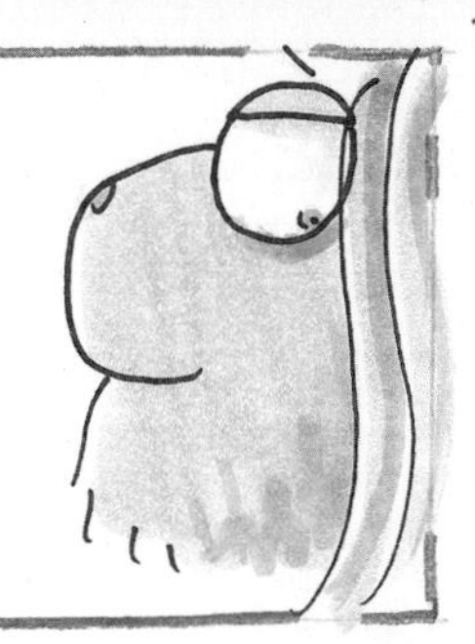

잠시만요.

부의장님? 제가 좀 늦습니다.
대표단에게 최대한 빨리 가겠다고
말씀 좀 해 주세요.
아리가또(고마워요).
사요나라(그럼 이만).

나에겐 당신뿐이에요.

일어나, 래리.
네가 본격적으로 활약할 시간이야.

끼이익!

뻑!

뭣들 하는 거야?!

어, 네…
촬영 들어갑니다!

어?
저게 뭐지?

자,
액션!

탁!
탁!
타닥!
타닥!
탁!

역시 세계 최고는 달라.

경고
보안
위반
탁!
탁!
탁!

위험!
여기서 멈추시오!
핵무기 협약 위반

탁!
탁!
탁!

발사 코드
다운로드 완료!
미사일 발사 준비!

타닥!
타닥!
타닥!
타닥!

탁!
탁!

이제
모든 소셜 미디어에
포스팅해야지.

휘리릭!
얼른 여기서
나가요.
슈웅!
오, 방금 우리가
인터넷을
후끈 달군 것
같은데요?

댓글
으악 넘넘 귀여워!
이렇게 재미난 건 난생처음! 멈출 수 없어.
하하하하하!
역대급 동영상
댓글
여신님, 여신님, 빛나는 그대. 또 해내셨네.
#여한이없다
보고 또 보는 중
들숨에 행운, 날숨에는 재물 얻으시길!
댓글
타이핑을 하네!
천재!
사랑해요
여신님 최고! 내 인생을
바꾸신 분
댓글
여신님, 당신은 내 하루의 낙이에요!
아, 인생 살 만하다. 이 재미에 하루를 견디지.
너무 좋아. 나 울어!
이렇게 좋아도 되는 겁니까?!
댓글
벌써 몇 번을 보는지!
1등인 데는 이유가 있어!
내 장례식에 이 동영상 틀어 줘.
흐읍 흐읍… 너무 웃어서 숨이 막힌다…
댓글
이건 정말
대체 왜 이리
깜찍이
으하하하!!!
다시 없을

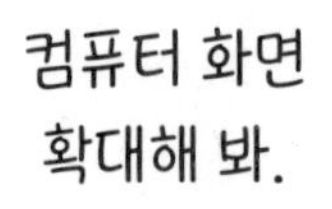

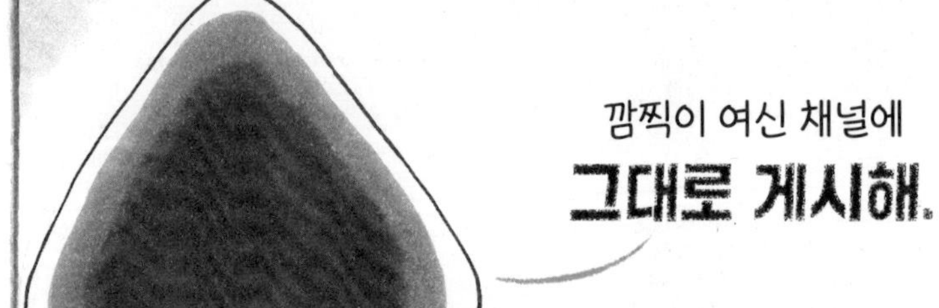

깜찍이 여신 채널에
그대로 게시해.

경고
댓글
깜찍이 여신이 왜 핵무기 발사 코드를 다운로드해? 일부러 그런 거 맞아?
#대충격
진짜야?! 진짜냐고? #진짜냐고?!
더 이상 진행하지 마시오
댓글
깜찍이 여신 무슨 일이야?! 당신 왜 그러는데?
#으응?
나 소름 돋았어.
누구 또 소름 돋은 사람? 나 닭 됨!
위험! 위험!
댓글
깜찍이 여신님?! 보고 있다면 답 좀 주세요!
거짓말. 분명 거짓말이야. 오늘 만우절이야?
나는 진짜 같은데.
대체 무슨 일이지?!
보안 위반
댓글
깜찍이 여신 선 넘었네. 내 이럴 줄 알았지.
#대실망 #망할고양이
이건 고양이 동영상이야. 다들 침착하자고.
괴상망측한 동영상이야.
댓글
#노잼 #고양이

안녕하십니까,
ANI 돌발 뉴스의
척 멜론입니다….

특별 취재
ANI 뉴스 척 멜론

한 유명 '냥튜브 채널' 스타가
충격적인 영상을
온라인에 게시했습니다.

이 놀라운 영상에는
넋이 나간 듯한 얼굴의
스타 고양이가
핵무기 발사 코드를
내려받아
핵미사일을 쏘려고
준비하는 듯한 장면이
담겨 있습니다.

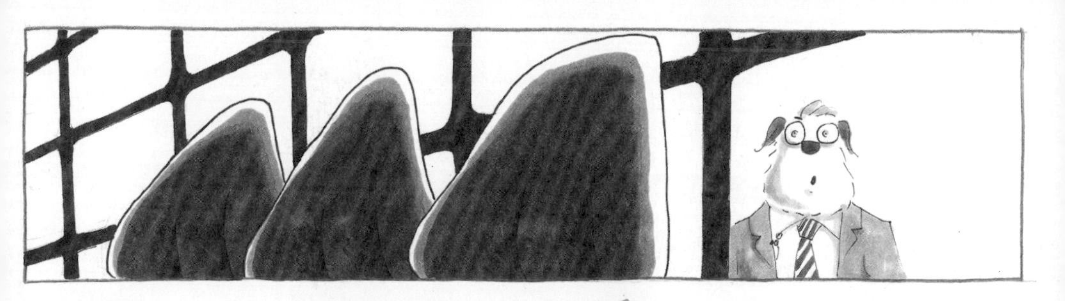

여러분이 계신 곳에서 사이렌 소리가 들린다면,

훈련이 아니라 실제 상황임을 명심하십시오.

광고 뒤에 더 자세한 소식

전해 드리겠습니다.

에에에에에에에엥!
에에에에에에에에엥!
에에에에에에에에에엥!

보안
좀 들여보내 주세요!
긴급 상황이라서 그럽니다!
여신님의 **개인 트레이너**입니다.
보안 카드
에에에에에에에에엥!

에에에에에에엥!
깜찍이 여신님!
저 왔습니다!

에에에에에에엥!
지금은 필요 없는데….

나중에 봐.
에에에에에에에엥!

에에에에에에에엥!
에에에에에에에에엥!
에에에에에에에에엥!
뉴스 속보
엘리베이터
엘리
식사는 어디서 할까요?

3장

커져 가는 불길

ANI 뉴스
특별 취재

특보
갑자기 찾아온
지구의 종말?

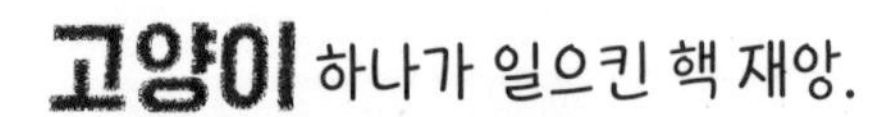

앞으로 더 **충격적인 일들**이
일어날 것이라는 전망입니다.
현장 소식, **티파니 플러핏** 기자가
전해 드립니다.

특별 취재
ANI 뉴스 척 멜론

그리고 제 뒤편으로 보이는 것은
세계의 종말을 불러올
핵미사일 보관이 가능한
핵무기 저장고로
추정되는 건물입니다!

이 둘의
공통점은 과연
무엇일까요?

바로…

깜찍이 여신입니다.

그렇습니다.

레드 카펫 행사의 단골손님,

야옹 매거진이 뽑은

베스트 드레서 3위,

현재 최고 인기를

누리고 있는 동영상 스타가

무시무시한 일을

저질렀습니다.

이 스타 고양이는
대량 살상 무기로 무장 중인 것으로 보이며
지구 종말을 불러올 준비를
마친 것으로 보입니다.
네, 맞습니다.
핵 무기
발사 코드
다운로드 중

이 고양이의 손에
우리의 지구가
끝장날 위기에
처해 있습니다.
해당 화면은 실제 세상의 종말과는 관계없음

현재로서는
자세한 내막은 알 수가 없습니다.
하지만 소셜 미디어에
역풍이 몰아치는 상황에서
자세한 내막은 중요하지 않은 것
같습니다.

보십시오!
댓글
저 고양이는 악마다!!
분명 사이코패스야. 당장 잡아 가둬야 해!!
원래부터 비호감이었어!
꼴도 보기 싫음
한때 사랑했지만 지금은 이 세상 누구보다 증오해!
#고양이한마리가이세상을끝장내다니
#비호감고양이

우리 군은 즉시
제트기를 동원하고,

현재 시급한 질문은
이것입니다.
과연 우리 모두는
이 고양이의 손에
죽고 말 것인가?!

에에에에에에엥!
에에에에에에에엥!
에에에에에에에에엥!
어머,
이게 대체 무슨 일이죠?

음, 얘들아….

멋쟁이, 지금
뭘 보고 계세요?

비상 경고
훈련 상황이 아닙니다!
이게 바로 지구 멸망?
깜찍이 여신
주식회사

잡아
사이코 고양이
미쳐 날뛰다
핵무기 발사 코드 다운로드
귀여움의 탈을 쓴
악마?

이 고양이를 발견하면
즉시 당국에 신고하십시오!
매우 위험합니다.
무료 통화:
8282-신고해요

앞으로 무슨 일이 생겨도
정신 똑바로 차리세요.
으아아아아아아아아아아아아아악!

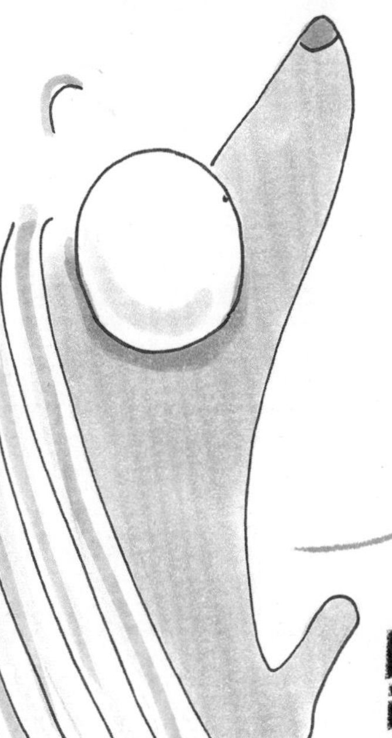
어서 도망쳐요!
할 수 있어요!
당신이 이 세상을
끝장내려는 이유는
저는 모르겠지만
분명 좋은 이유일 거예요.
달아나요!

당신은
절대
붙잡히지 않을 거예요!

꼼짝 마라!

검거 완료!

실시간 중계 중

전격 체포!

ANI 뉴스

맙소사!
경찰관님들,
저는 저 고양이를 몰라요.
전혀 모른다고요!

4장

인터넷 여론 재판

지구 멸망을 재촉한 고양이

체포되다!

경찰

실시간 중계 중

전격 체포!

ANI 뉴스

어쩐지 싫더라
댓글
눈동자 좀 봐. 뭔가가 있어! 저 사악한 속셈을 생각하면 잠이 안 온다니까.
#사악한눈동자 #공포그자체
쳐다보기도 싫어.
괴물 같아, 정말!
댓글
정상적인 고양이라면 저러겠어?
#오이는이미경고했다
아유, 소름 끼쳐.
당장 감옥에 가둬야 해!
댓글
#이제안심
드디어 잡았어!
100년 형을 선고하라! 그
혹시 더 오래 살면 어쩌
이 채널에 올라오는 동
께름칙했어.
검거 소식을 전해 드립니다!
역질 난다니까.
아지라면 절대 이런 일은
지르지 않을 거야.
양이 좋아하는 편인데
대문에 싫어질 거 같아!
도 사치임. 봐주지 마.
안심안심!
기자가 빠름.
책임을 져!
벌인 거야?
댓글
감옥이
움직이지
당장
당장
모두
악마
싫어

댓글
#정의구현 #못된고양이
당장 가둬! 당장 가둬! 당장 가둬! 당장 가둬!
감자칩 다시는 안 먹을 테야.
나도 나도. 감자도 싫어짐.

댓글
딱 봐도 흉악한 범죄자처럼 보이잖아. 안 그래?
맞아, 맞아.
타고나길 사악한 게 분명해.
그것도 맞아, 맞아.

댓글
보기만 해도 토할 거 같아.
너무 화가 나. 내가 속았다니!
대가를 치러야 해. 완전히!
이게 ASMR 동영상인줄? 지구 멸망을 부르는 거였네.

좋겠군,
말이야.
위험해.
가둬라!
관지까지
이크 필요!
댓글
저 끔찍한 괴물을 붙잡았다니 천만다행이야.
키보드는 자기가 치지도 않아! 연기자가 따로 없어, 아주!
#거짓말쟁이
#석방절대반대

댓글
#배신의아이콘
사악한고양이
빵 속에 머리를 왜 집어넣어? 오싹해. 대체 무슨 생각을 하고 있었던 걸까?
#오싹한빵머리

댓글
심상치 않았어.
망하게 하는
다시 돌려 봤
이걸 보고
이것도 다

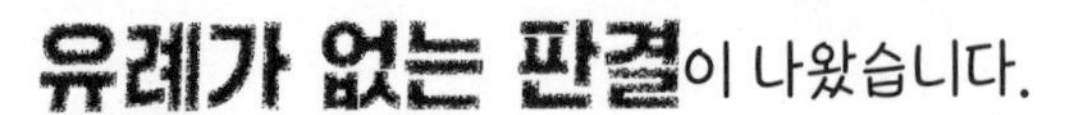

배심원단은 큰 물의를 일으킨 이 인터넷 스타에게
13초 만에 유죄 판결을 내렸습니다.

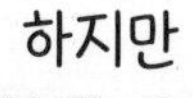

하지만
인터넷 여론이
빠르게 등을 돌리기 시작했다면
유죄임이
분명합니다.
동기 따위는 중요하지 않습니다.
대중들이 이미
판정을
끝냈으니까요.
사실,
많은 이들이 궁금해하는 점은
이 인터넷 스타가 어떻게 그토록
오랫동안 정체가 발각되지 않고
있었는지입니다.

악마
그 자체예요!
뭐, 묻고
따지고 할 것도
없어요.

동영상을
보면 모릅니까?
미친 고양이가
분명해요!

정상적인
고양이라면
절대 그럴 리가
없죠.

아주아주
비호감.
그냥
비호감
덩어리.

ANI 뉴스 단독으로,
최측근 인터뷰를
보도해 드립니다.

음, 저한테
바닐라라테를 집어던진 적이 있어요.
특별 취재
ANI 뉴스
개인 비서
디본 위스크

이래라저래라 요구가 많았어요.
'사악하다'는 평가에 대해서는요?
요구가 많았다니까요.
특별 취재
ANI 뉴스
소셜 미디어 컨설턴트
세스 헌킹턴

제 결혼식을
망쳐 버렸어요!
특별 취재
ANI 뉴스
개인 트레이너
러스티 너게츠

남자 친구인 **캣트릭 캐시**는
재산 1,000조의 미디어 재벌
타데우스 캐시의 **아들**이자 **후계자**입니다.

캣트릭 캐시는 인터뷰 요청에
아무런 논평을 하지 않겠다고 밝혔습니다.

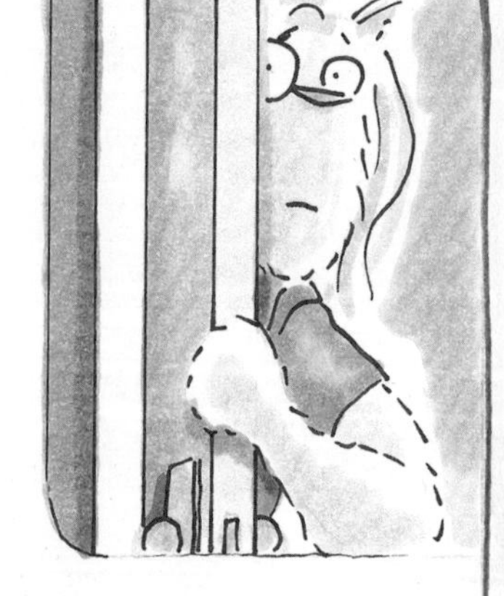

가까운 소식통에 따르면
그는 이번 판결에 "참담한" 심정이며,
여자 친구의 무죄를 증명하겠다고
맹세했다고 합니다.

ANI 뉴스

부디 잘되도록
행운을 빌겠습니다.

스타일리스트의 인터뷰로
마무리하겠습니다.

우리한테 이런 말을 한 적이 있어요.
자기 안에는
아직 남들이 모르는 것들이
수도 없이 많다고요.
하지만 그게 정말로 무슨 뜻인지
누가 알았겠어요?
휴… 이게 무슨 일이람!
특별 취재
ANI 뉴스
스타일리스트
브릭 소비뇽

'아직 남들이 모르는 것들이 많다.'
앵커님,
아직 남들이 모르는 것들이 많답니다.
소름…!

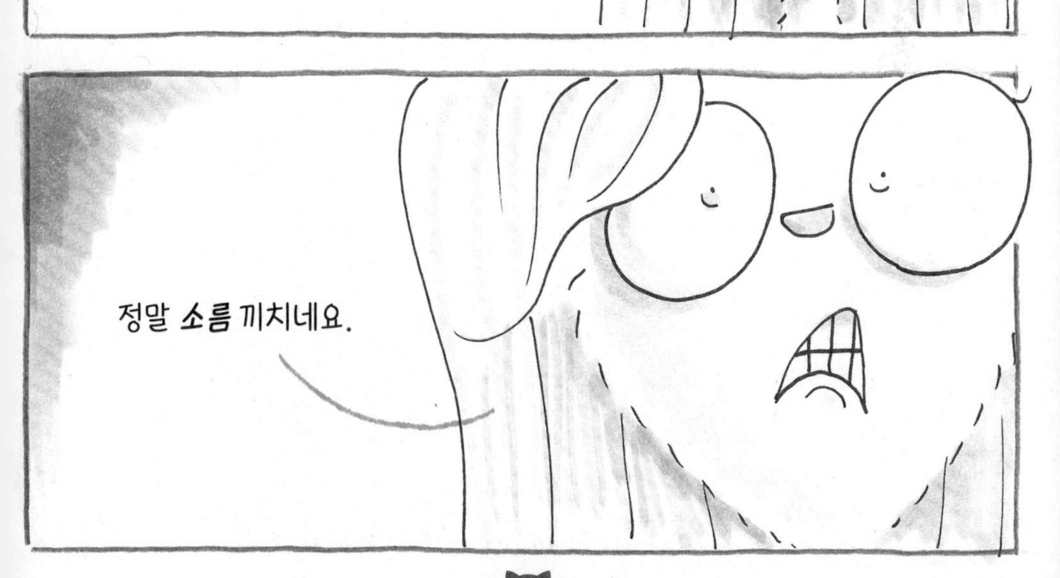
정말 **소름** 끼치네요.

5장

감옥으로 향하는 길

철통
보안
감옥
부릉!
부릉!

교도관

저기요!
교도관

잠시만요, 교도관님.

죄송한데요,
뭔가 단단히 잘못 알고
계신 것 같아요.

저는 아무 짓도
하지 않았어요.

부릉!
부릉!

교도관님?

저 말 듣지 마, 필.
지구를 끝장낼 고양이라고.
그런 고양이 말에
귀를 기울일 셈이야…?
교도관
죄수 호송

교도관
입 다물지 못해!
내 마음을
조종할 생각은
하지도 마!

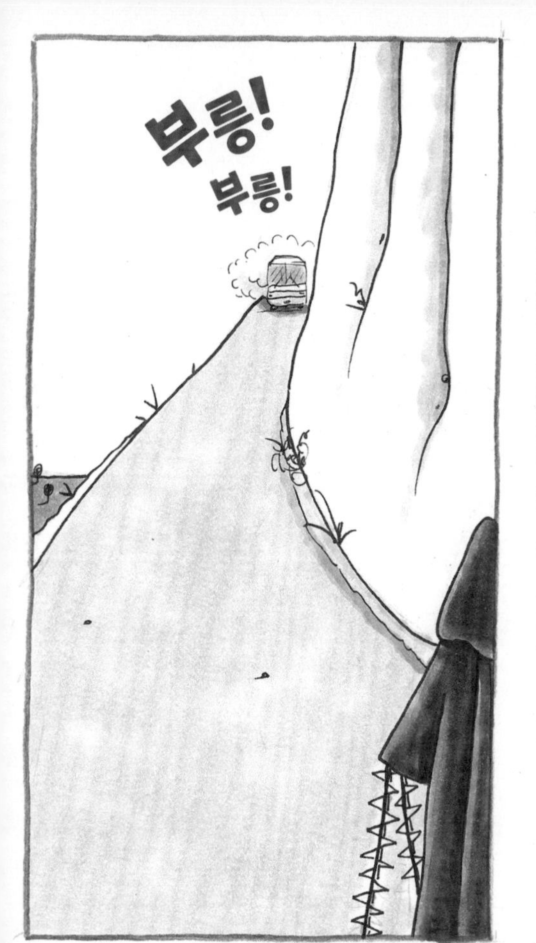
부릉!
부릉!

지잉-
치익!

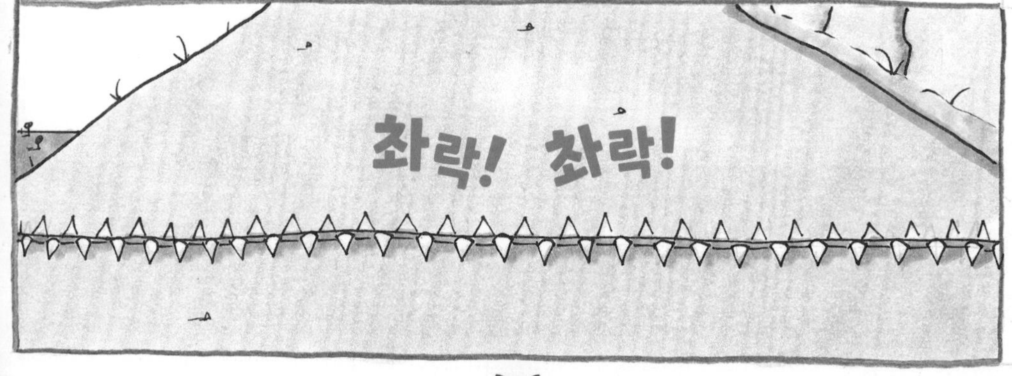
촤락! 촤락!

대체 나한테
왜 이런 일이 일어났을까?

부릉!
부릉!
부릉!

교도관
이렇게 위험한 죄수가
달아나기라도 하면
무슨 일이 벌어질지 알아, 필?!

쿠궁쿵!

휘리릭!
으아아아아아아아아아악!!

휘이잉!
으아아아아아아아아악!!

으아아아아아아아아악!!
꽈당!

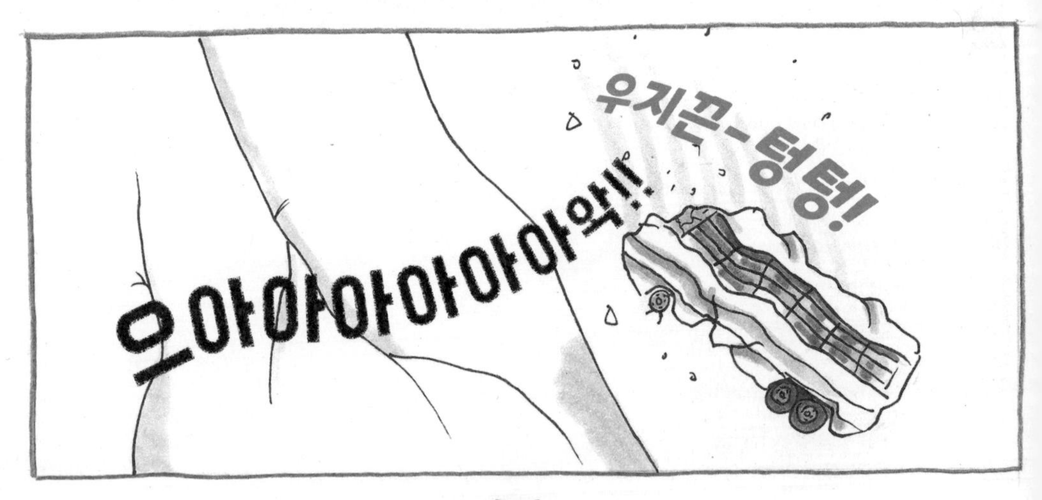
우지끈-텅텅!
으아아아아아아아아악!!

으으으아아아아아아아아악!!

콰당!

저를 두고
가실 거에요?!

으아아아아아아악!!

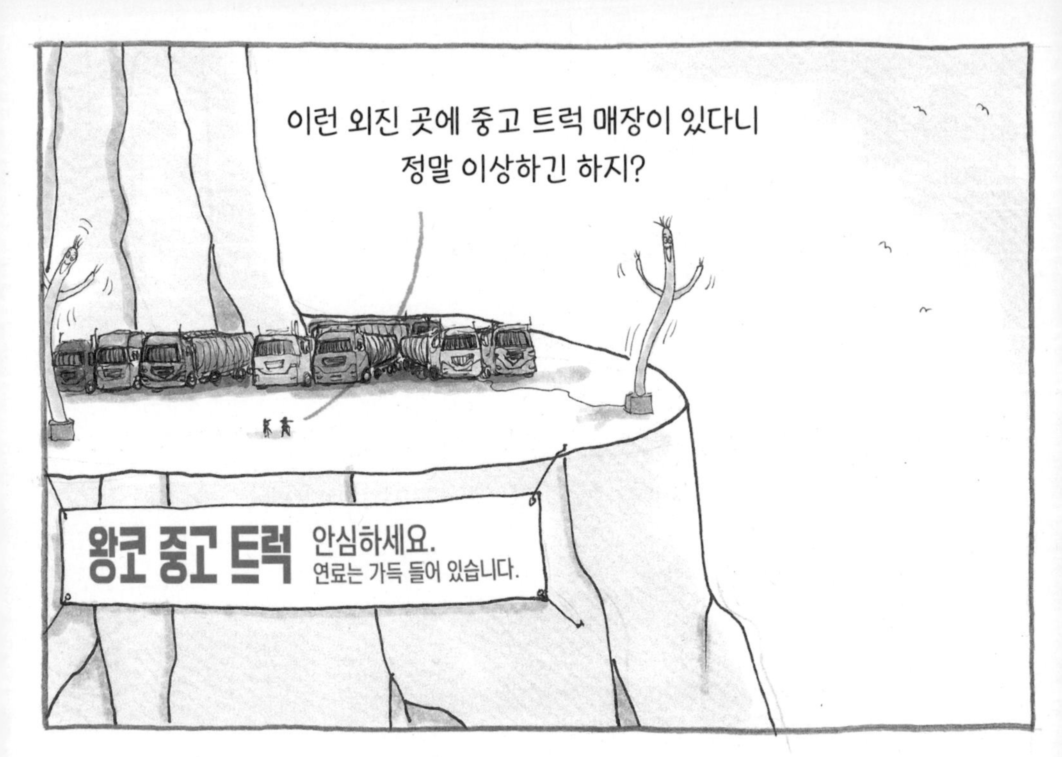
이런 외진 곳에 중고 트럭 매장이 있다니
정말 이상하긴 하지?
왕코 중고 트럭 안심하세요.
연료는 가득 들어 있습니다.

흐음, 바로 그 점 때문에
우리가 유명한 거 아니겠어?

게다가 내가 대형 트럭들에
인화성 연료를
빵빵하게 채워 놓았잖아.
여기 있는 대형 트럭 70대 전부에
수만 리터의 고급 휘발유가 실려 있다고.

콰광

광!

철통
보안
감옥
이럴 수가!

슈슈슈슉!!
어? 자, 잠시만….

다행히
감옥은 아직
무너지지 않았군.

고향에서
만나자, 친구!
자유다!

끙, 끙!
아이고….
저건?

지구를 끝장낸다는
고양이?!

으아아아아아아아악!
아아아아아아아악!

스스슥!
사사삭!
꾹!
꾹!

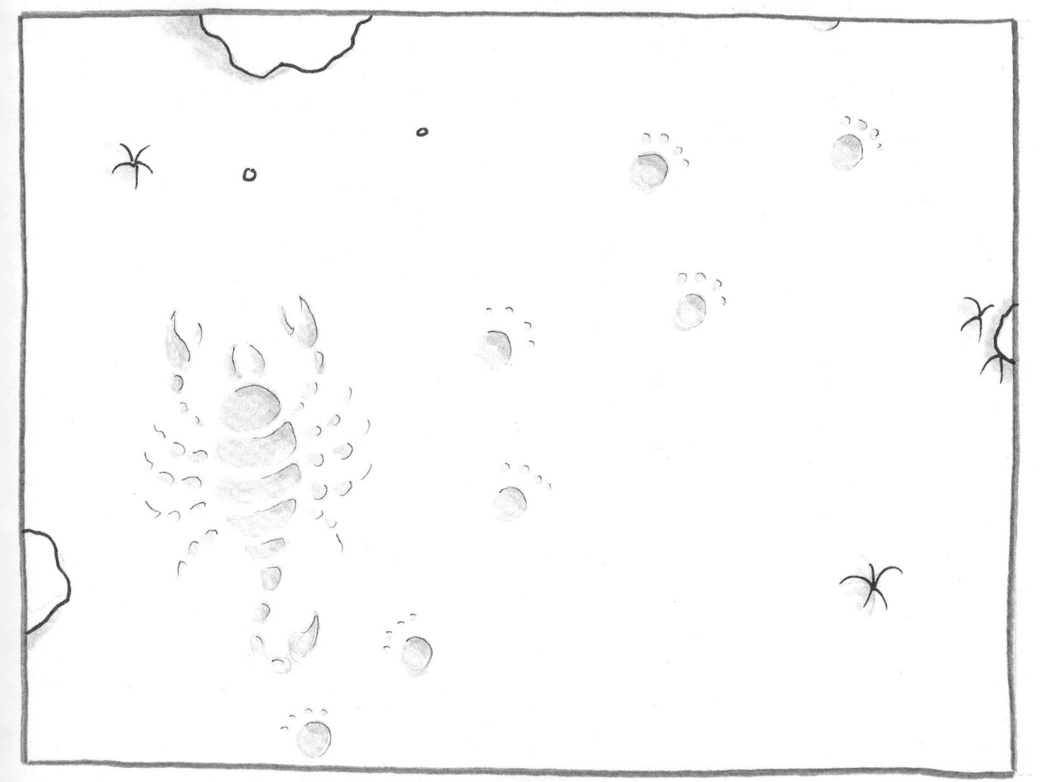

6장

보안관의 등장

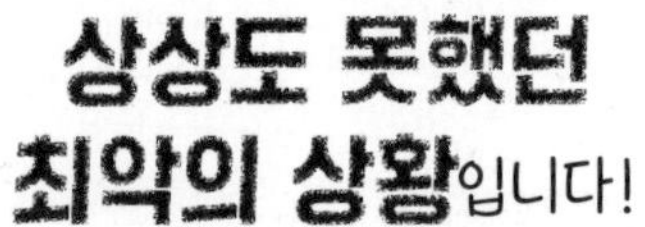

탈주!

화제의 고양이가 호송 중에 탈주했습니다!
이제 우리 모두가
곧 죽을 목숨이라는 것을
도저히 부인할 수 없는
상황인 것 같습니다!

특별 취재

ANI 뉴스 티파니 플러핏

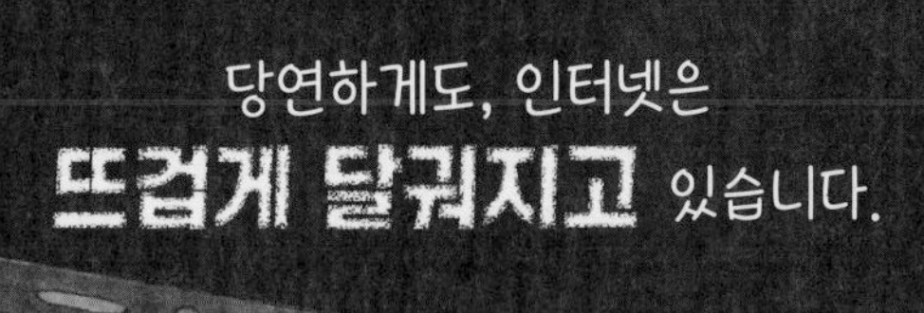
당연하게도, 인터넷은
뜨겁게 달궈지고 있습니다.

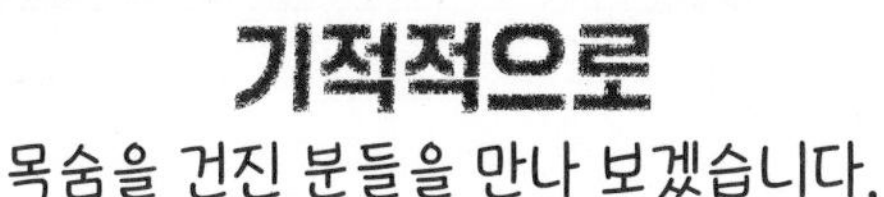
기적적으로
목숨을 건진 분들을 만나 보겠습니다.

그때 그 고양이 눈동자가
시뻘겋게 변하더니
염력으로 버스를 뒤집더라고요.

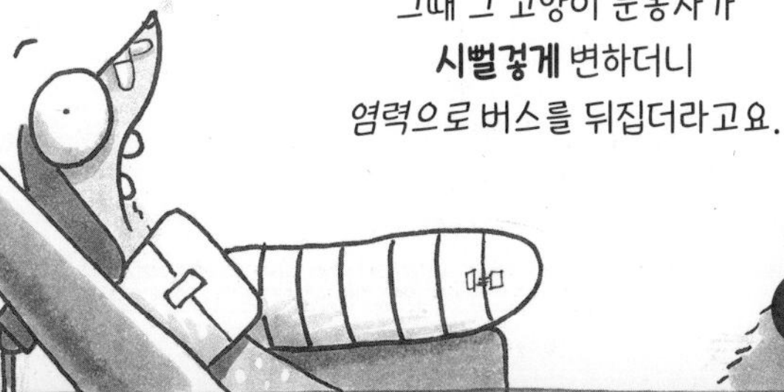

이봐요, 그 고양이가
또 다른 컴퓨터에 손을 대서
핵미사일을
발사하는 건
이제 시간 문제예요.
*심장마비*가 오는 것보다
훨씬 심각한 상황이라고요!

여러분, 이 **사악한 얼굴**을
똑똑히 기억해 두십시오.

화제의 인물 순위는 잘 알고 계시겠지요?
'깜찍이 여신'이 다시 **1위**입니다.
다만 이번에는
지명 수배자 가운데 1위를
차지했습니다!

1. 깜짝이 여신

2. 울프

3. 스네이크

지명 수배자
위험 순위 리스트

5. 피라냐

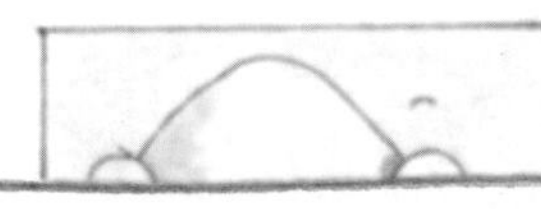

보안관
좋아!
다들 잘 들어라!

보안
경
찰
너희 모두가
지금부터 할 일은
구석구석
철저한
수색이다.

닭이든, 고양이든, 개든
모두의 집을 뒤져라.
다시 말해, 동물의 집이라면
어떤 곳이든
철저히 수색한다!

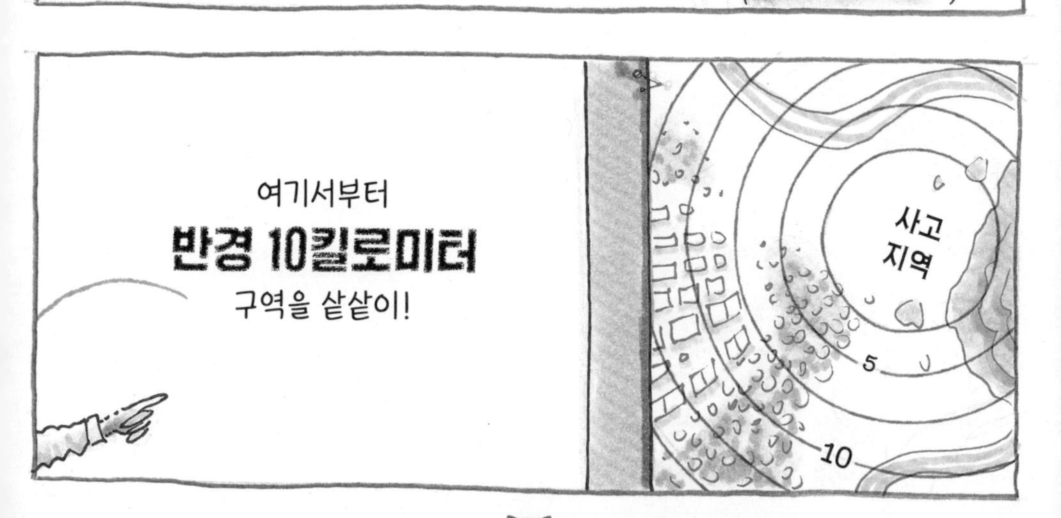
여기서부터
반경 10킬로미터
구역을 샅샅이!
사고
지역
5
10

그 고양이를 본다면,
혼자 영웅이 될 생각은
절대 하지 말 것.
혼자서 체포하려 하지 마.
그 고양이는
흉측한 괴물이야.
인터넷에서 그렇게 이야기하니, 분명 맞는 말일 거다.
수색 중에 이 사악한 괴물을
만나게 된다면
반드시 지원을 요청하도록 해.
보안관
내가 금방
갈 것이다.

이건
고양이와 쥐의 대결이야.
나에게 주어진 역사적 사명이지.

보안관
보안관 치즈맨이라는
내 이름이
부끄럽지 않도록 하겠다.

7장

고양이의 변신은 무죄?

덥석!
모자

덥석!
공예용 본드
덥석!
모조 루비
공예 재

여름 원피스
덥석!

피팅 룸

쾅!
딸깍!

더 필요한 건
없으신가요, 손님?
베브

말해도 돼요?
그럼 머핀이랑
바닐라라테로 가져다줄래요?
고마워요!
베브

뭐야?
별 이상한 여자 다 보겠네.

피팅 룸

아니, 저는
시내 외곽으로 나오면
이런 서비스를 해 주는 줄 알고….

좋아. 집중하자.
할 수 있어.

사실, 별거 아니야.
잊지 마, 너는
얼마든지 변신할 수 있는
연예 기획사 운영자야.
쉽지
않은걸.

아니야, 이건 쉬워. 왜냐하면….

너는 아무 잘못도
하지 않았으니까.
너는 수없이 많은
허당 개그 동영상을
촬영해서
사람들을 웃긴 것 말고는
아무것도 하지 않았어.
너는 절대
핵무기 발사를
시도하지 않았다고.

너는 그냥
그걸 **증명**하면 돼.

자, 생각을 해 보자.

뭘 해야 하지?

후오오오!

분명 저 그림이
의미가 있을 거야….
하지만 *대체 뭘까?*

꿀럭!
마지막으로
한 번만….

촤락!

좋아.
이제 준비됐어.
이것만
명심하면 돼.

이렇게
변장한다면
아무도
너를
알아보지
못할 거야.

지구를 끝장내려는 고양이다!

베브

고양이 잡아라!
무조건 빨리 잡아야 해!

8장

전갈을 잡아라

호오오!

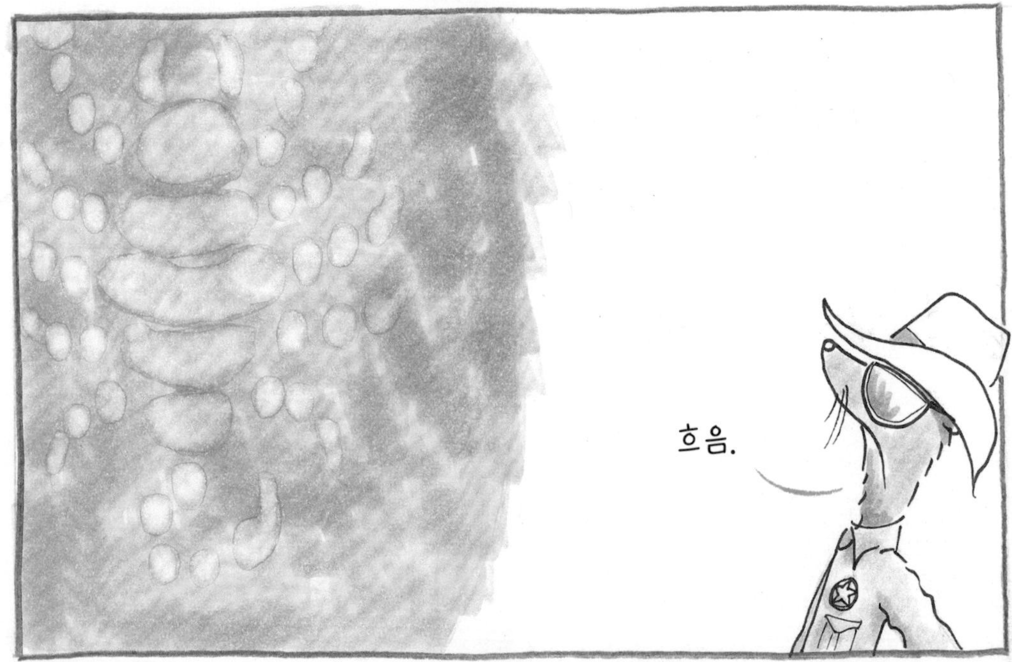
흐음.

경찰
보안관님!

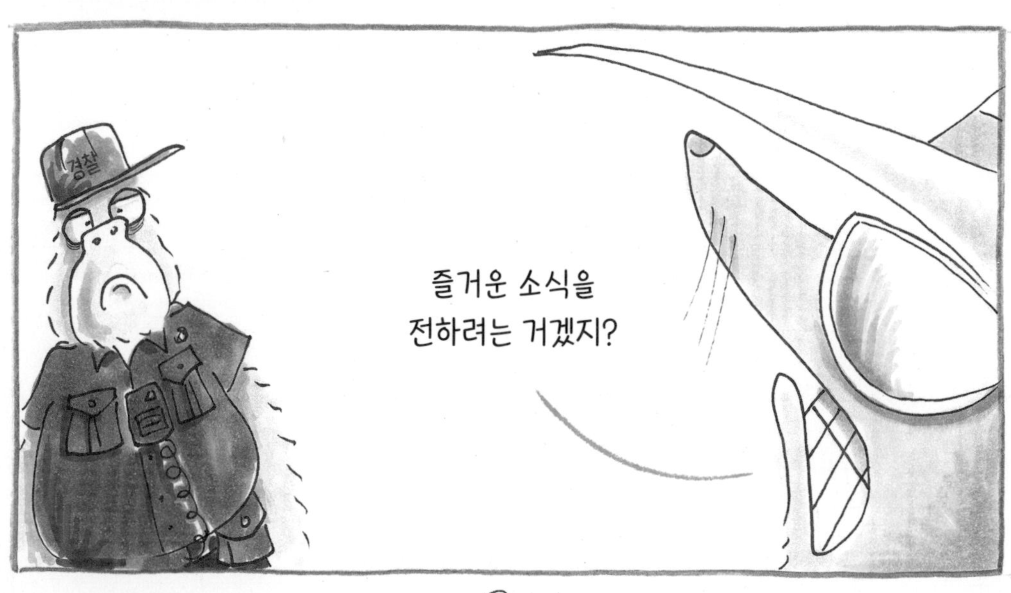
경찰
즐거운 소식을
전하려는 거겠지?

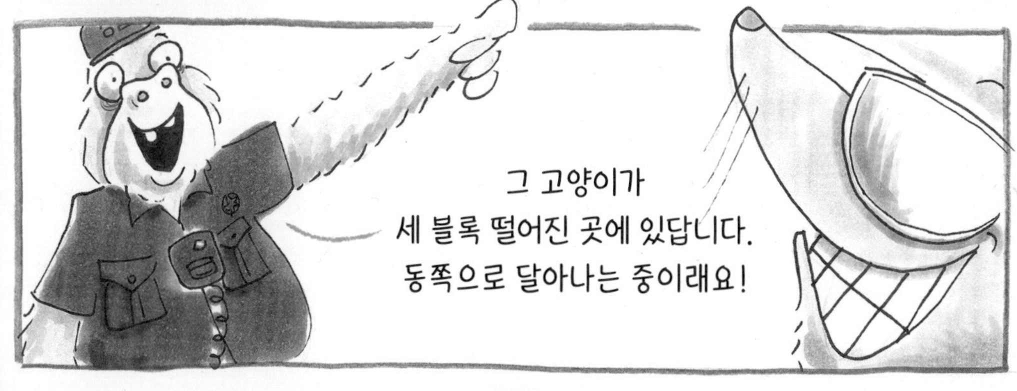
그 고양이가
세 블록 떨어진 곳에 있답니다.
동쪽으로 달아나는 중이래요!

육군

난 아무 짓도
안 했다고!

잠깐!

저건…?!

전갈 그림?

바로 저거야!

부르릉!
안 돼!
거기 서!

12시 방향에 목표물이 있다!
반복한다!
12시 방향에 목표물이 있다!
목표물 조준 중!
거기 서라고!

알겠습니다!
조준…
발사!

퓨슈슈슉!
퓨슈슈슉!

아악, 제발…!

시청자 여러분! 보시다시피,
지상에서는 대활극이 벌어지고 있습니다.
헬리콥터 취재
ANI 뉴스
올해의 기자상 수상
티파니 플러핏

어떤 대가를 치르더라도
이 폭주를
막아야만 합니다!

피자
피자
부르릉!
휘청휘청
후들!
후들!
후들!

피자
끄에에에에에에에엑!
철퍽!

저기요!

이해 좀 해 줘요.
보이는 것만큼
나쁜 고양이는
아니에요.
으아아아아아아아아아아악!
지구를 끝장낼
고양이다!

으아아아아아아아아아약!
풀쩍!
피자

피자
부릉!
부릉!

핵!

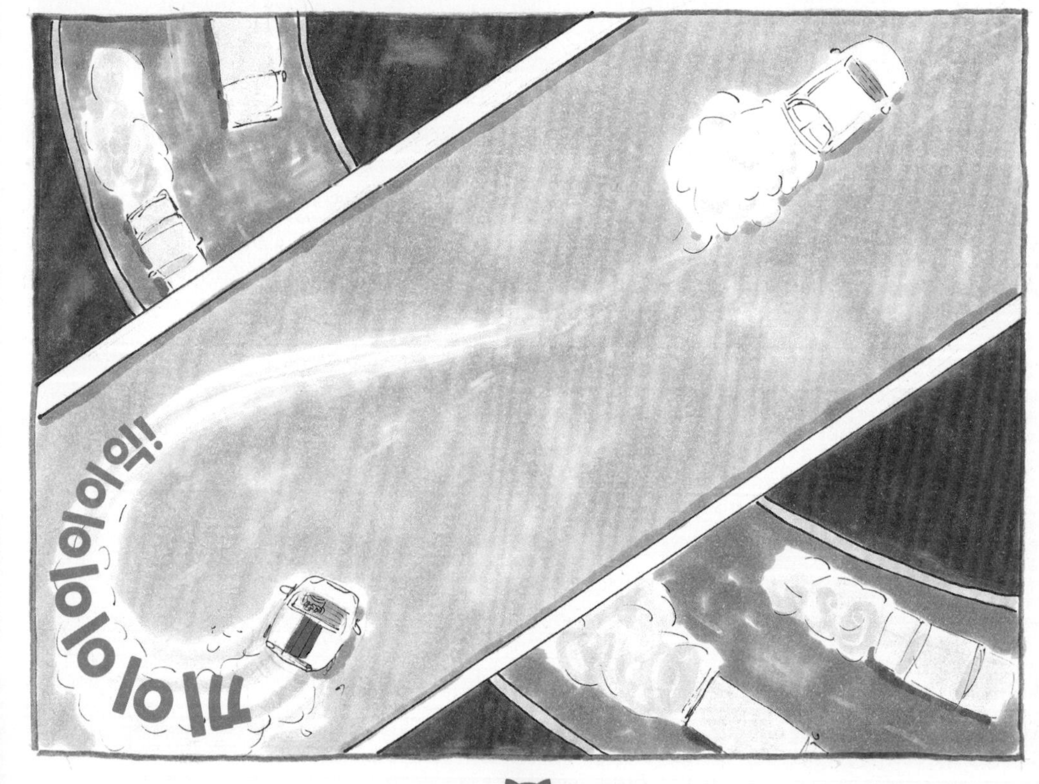
끼이이이이이익!

아,
안 돼!
제발!

당장
멈추란
말이야!

대체
나한테
왜 이러는
거야?!

9장

절망의 구렁텅이

덥석!

삑
삑
삑

여보세요?

캣트릭입니다.

캣트릭….

깜찍이 여신!
당신 어디예요?

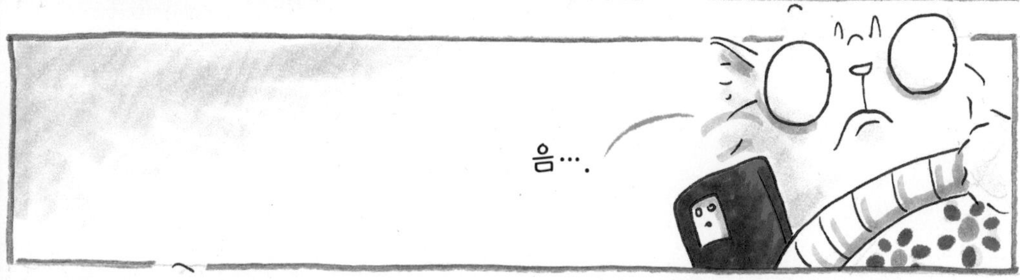
음….

아니, 잠깐만요!
어디인지 말하지 말아요!
수사 기관에서 듣고 있을 테니까…
그들이 당신을 찾아낼 겁니다.

그래요, 그런 상황은
우리 둘 다 원하지
않으니까요.

난 정말로 그런 짓을 하지 않았어요.

인터넷 여론은
당신을 잡아먹지 못해
안달이지만,
나는 *절대로 용납할 수 없어요.*

이 말을 꼭 하고 싶었어요.
나는 당신을 믿어요.
우리 가족도
당신을 믿고요.

그리고, 어떻게든 당신을
놀라게 할 생각은 없지만….

나, 당신을 사랑하고 있어요.

자,
어떻게 도와줄까요?

방금 그 말,
다시 해 줄래요?

과광

쾅
쾅!

아, 안 돼!
끼이이익!

덜커덕!

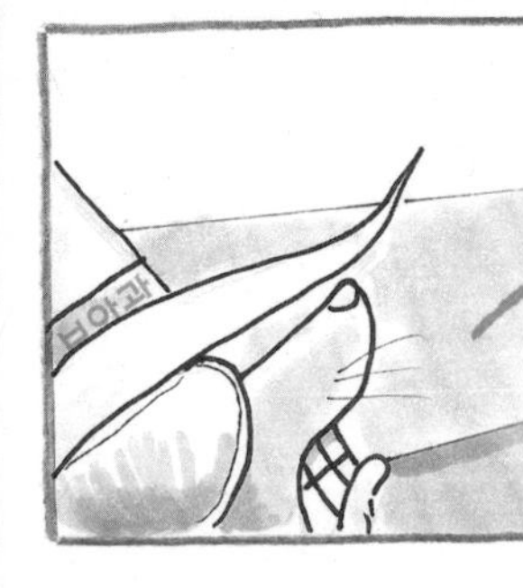

좋았어요, 이제 밖으로 나오시죠.

당신의 거위는 이미 잡아먹혔답니다.*

*계획이 실패하거나 난처한 상황일 때 쓰는 미국식 표현이에요.

이봐!

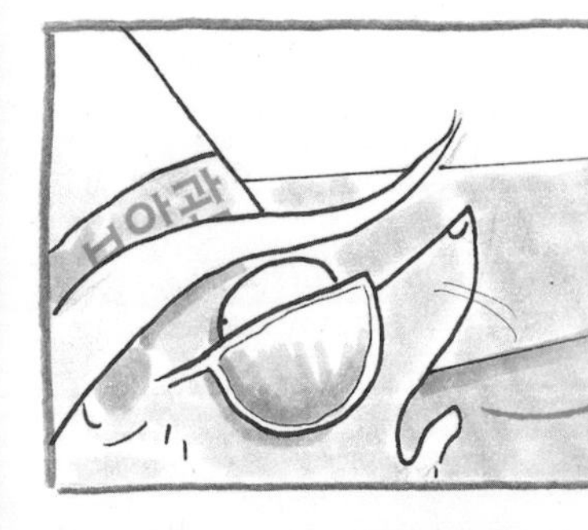

미안, 래번. 기분 나빴겠구나.
네가 거위라는 사실을 깜박했다.

밖으로 나오시오!

피자

좋아요.
이제부터 내 말
잘 들어요.

저항할
생각 말고
항복한다면….

우리는 할 수 있는 모든 걸
할 생각이에요.
당신이
결백하다는 걸
이 세상에 밝히기 위해서요.

알았어요.

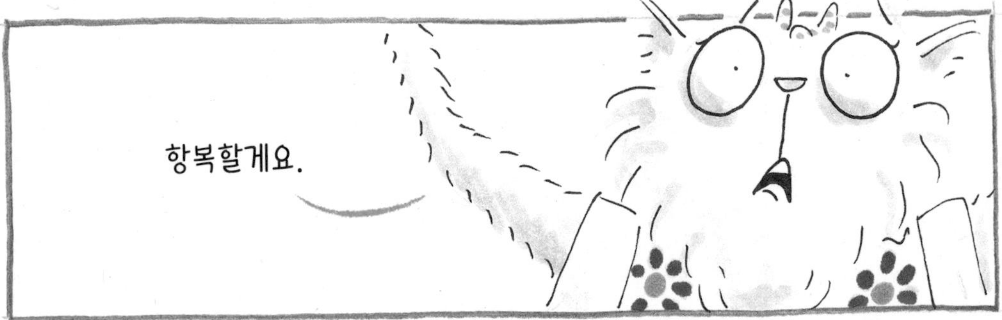
항복할게요.

보안관
후유.

좋은 생각이에요.

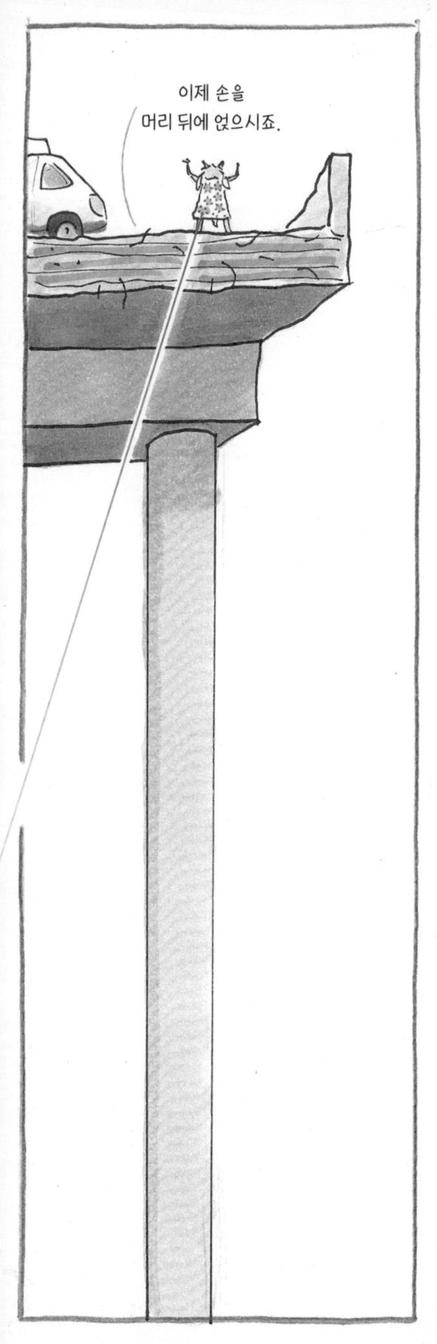
이제 손을
머리 뒤에 얹으시죠.

푸슈슈슈슈슈슈슝

퐁!

뭐지…?!

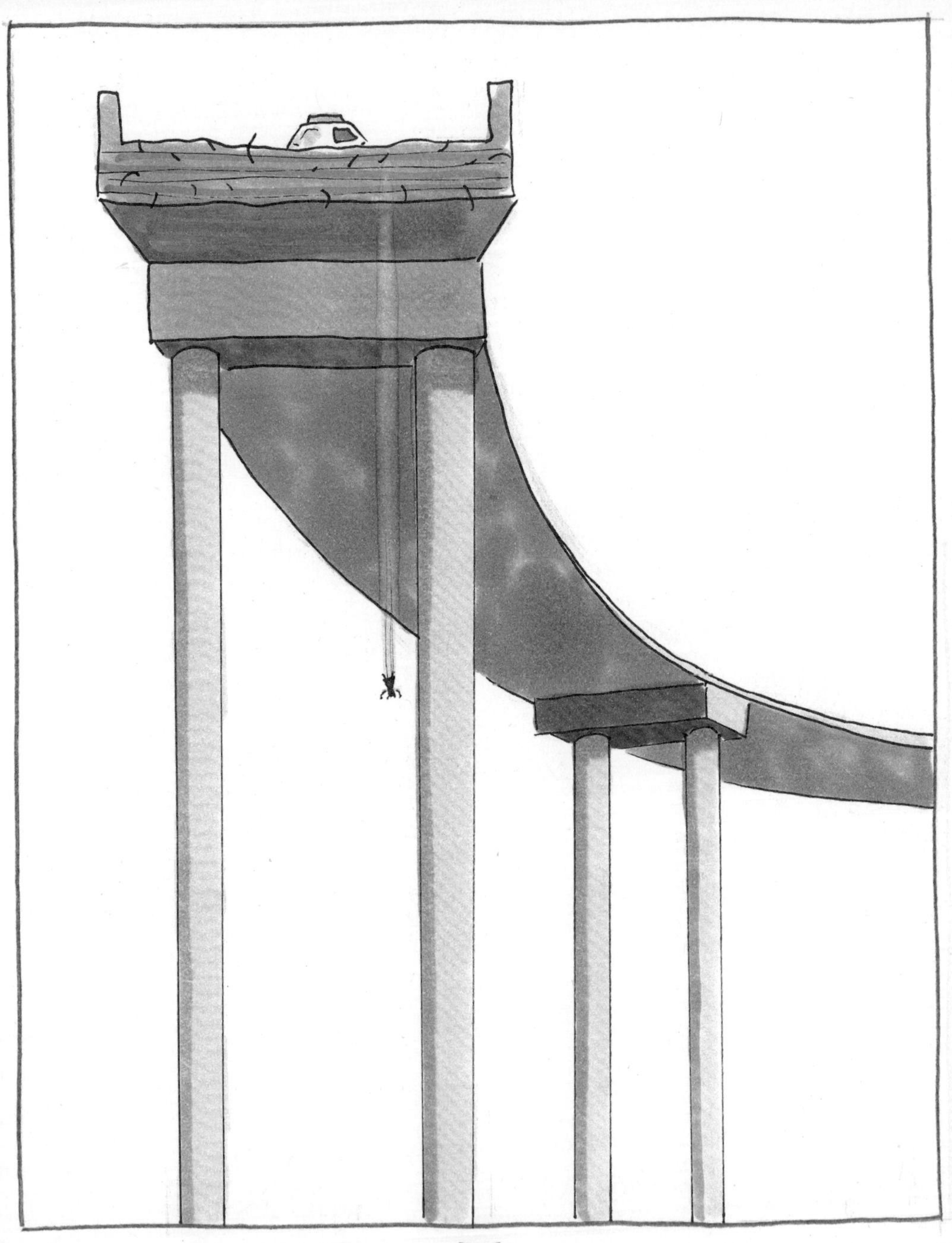

10장

사라진 깜찍이 여신

고양이
못 봤어?
안 돼!
이럴 순 없어!

갑자기
사라졌단
말이야!

어디로
사라진
거지?!

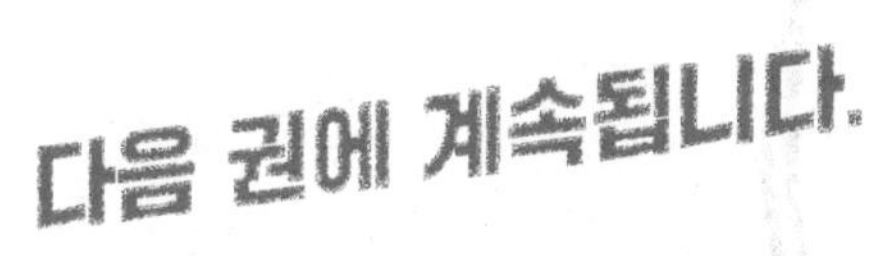
다음 권에 계속됩니다.

글·그림 애런 블레이비

호주의 인기 어린이책 작가. 14년 동안 배우로 일하다가 그림책을 만들기 시작했다. 쓰고 그린 첫 책 《성격이 달라도 우리는 친구》가 2008년 CBCA 올해의 책으로 뽑혔다. 2012년에 《미스 아나벨 스푼의 유령》으로 독일 뮌헨의 국제 청소년 도서관이 선정하는 화이트 레이븐 상을 받았다. 그 밖에 《전학 온 친구》, 《스탠리 페이스트》, 《싫어! 다 내 거야!》, 〈배드 가이즈〉 시리즈 등이 있으며, 〈배드 가이즈〉 애니메이션 제작에도 참여하고 있다. 현재 시드니에서 아내와 두 아이와 함께 살고 있다.

번역 신수진

대학에서 영문학을 공부했고, 오랫동안 출판사에서 어린이책 편집자로 일했다. 지금은 제주도에서 어린이책을 번역하며, 성평등 어린이책을 선정해 《오늘의 어린이책》으로 펴내는 '다움북클럽' 편집위원으로 활동하고 있다. 그동안 옮긴 책으로는 《우리 집에 유령이 살고 있어요!》, 《완벽한 크리스마스를 보내는 방법》, 〈나무 집〉 시리즈, 〈배드 가이즈〉 시리즈 등이 있다.

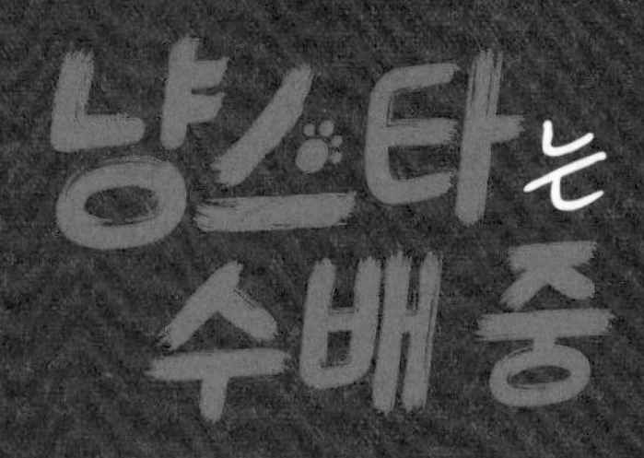

2권에서 또 만나요!